A.-O. PINCHART

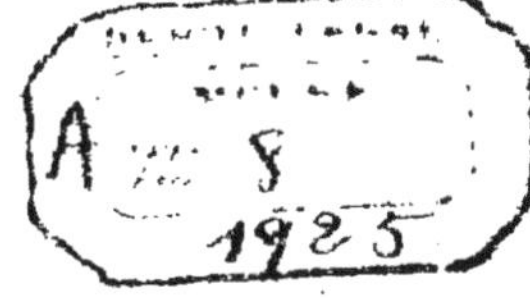

JÉSUS

Sonnets

« ÉDITIONS SPES »
17, rue Soufflot, PARIS (V^{e}).

A.-O. PINCHART

JÉSUS

Sonnets

A ma femme.

A.-O. P.

PRÉFACE

Un des souvenirs qui enchantent le plus ma vie de chasseur est celui de l'école primaire, bruissante de syllabes comme une ruche, illustrée à l'intérieur par des tableaux représentant les insectes et les oiseaux de la forêt toute proche. L'instituteur avait dans son jardin des lis au cœur d'or et il disait aux enfants : « C'est Dieu qui a créé le ciel et la terre. » Et, pour lui donner raison, le ciel déployait son dais bleu sur les moissons.

Hélas ! beaucoup de maîtres sont morts qui ne séparaient point la science divine de la science humaine, les faisant cadrer l'une avec l'autre comme le bon charpentier ajuste une pièce à une pièce.

Mais, sans doute, la branche à laquelle on pensait le moins, quoiqu'elle soit la plus fleurie, est celle qui sert à étayer la poésie qui est bien un métier comme un autre, avec ses méthodes et ses difficultés.

Tout au plus, quand on avait établi l'égalité de deux triangles entre eux, — ce qui paraissait absolument nécessaire à la marche du monde — consen-

tait-on à dénombrer les étamines de la bourrache à l'aide du vieux Linné. Mais qui donc se fût avisé, poussant plus loin l'investigation, d'apprendre aux enfants qu'un sonnet se compose de huit pétales et de six sépales, disposés de telle sorte que leurs nuances, appelées rimes, se répondent, s'enlacent, se répètent harmonieusement ? Et qui se fût donné la peine encore de démontrer aux élèves que, dans cette belle architecture, on peut enfermer la vérité de telle sorte qu'on la puisse retenir avec une sûreté que n'offre point la prose la meilleure ?

J'ai toujours été fort opposé aux traductions en vers de l'Evangile, car la parole, si simplement directe de Dieu, ne souffre point un tel apprêt, risque d'être, si je peux dire, ainsi dénaturée. Je ne pense pas, bien au contraire, qu'il en puisse être de même de ce que l'on appelle l'Instruction religieuse. Et c'est une Instruction religieuse, conçue dans un rythme d'un incomparable classicisme, en sonnets, qu'offre à la jeunesse et à l'âge mûr l'auteur de « Jésus ». Il est l'un de ces très humbles maîtres de jadis, dont j'ai parlé, et sa voix pure a porté d'autant plus jusqu'à nous qu'elle est comme le chant de l'oiseau solitaire qui recherche l'ombre pour se recueillir.

Voici donc, et, ce me semble, avec toutes les garanties d'une parfaite orthodoxie, tout un précis de VIE

INTÉRIEURE, *condensé comme la rosée, nuancé comme le prisme, rendant sa couleur et sa forme à tout ce que fut le pays où a germé la parole de Jésus-Christ. Rien n'a été omis. Une parcelle de doctrine est enclose dans chaque poème.*

Qu'au lieu d'apprendre éternellement aux enfants la fable du singe et de la noix, on leur fasse réciter chaque jour du mois l'un de ces sonnets et ce sera, j'en suis sûr, pour le plus grand bien de l'Eglise. En matière religieuse hélas, même chez les adolescents, ce qui entre par une oreille sort par l'autre.

Mais je crois que, soutenue par un tel rythme qui, de lui-même, peut être un cours de prosodie pratique, servie par une lyre aux accents si élevés et si profonds, la pensée demeure.

Jammes

En souvenir
des Morts pour la France

Après le carnage des champs de bataille, la paix des paysages éternels.

Après l'épouvante et la fureur des luttes implacables, la sérénité du ciel.

Après la violence des imprécations passagères, la douceur des immortelles paroles d'amour.

Après les larmes des mères sur leurs enfants morts, les larmes d'une Mère sur son Fils crucifié.

Après le sacrifice des martyrs, qui s'immolèrent en proclamant la justice, le sacrifice de Celui qui leur enseigna la Justice et s'immola pour elle.

Après le sang versé sur l'éternelle terre de France pour le salut des peuples, le sang versé sur l'éternel rocher du Golgotha pour le salut du monde.

Après toutes les croix, la Croix !

Saint Jean-Baptiste

Dans le rayonnement de l'espace infini,
A genoux sur le sol que le soleil effrite,
Le Précurseur, le torse à demi nu, médite
Parmi l'aridité des roches de granit.

Son regard, que jamais le doute n'a terni,
Sous la frange des cils presque fermés s'abrite ;
Et parfois, du Jourdain jusqu'au lac Asphaltite,
Sa voix passe, puissante, et condamne ou bénit.

Par l'extase et la faim, sa face qui se creuse,
Atteste en sa maigreur la règle rigoureuse
A laquelle s'astreint le mystique exalté...

Or, un jour de printemps, les cieux, la terre et l'onde
Virent le Fils de l'Homme, avec humilité,
Sous la main de saint Jean courber sa tête blonde.

La Vierge au rouet

Dans la simplicité de sa chambre aux murs blancs,
Que parfument les lis dont la plaine est fleurie,
Le paisible destin de la Vierge Marie
S'écoule au gré des jours monotones et lents.

La Madone, en l'ardeur de mystiques élans,
File de l'aube au soir le lin candide et prie...
La chanson des fuseaux charme sa rêverie,
Et soutient les efforts de ses doigts vigilants.

Servante du Seigneur, à sa tâche fidèle,
Il faut, pour recevoir le Dieu qui naîtra d'Elle,
Que sa couche soit prête et ses langes cousus.

Et parfois se hâtant sur le sol qu'Elle effleure,
Aux travaux du ménage, elle offre, selon l'heure,
La pureté des mains qui berceront Jésus.

La Vierge à l'Amphore

Dans la tiède langueur des beaux soirs de printemps,
Toute blanche, parmi la pénombre naissante,
La Vierge qui fut mère en restant innocente,
Chemine, harmonieuse, en ses voiles flottants.

Elle va vers la source où, depuis d'anciens temps,
S'abreuvent les pasteurs à l'onde jaillissante,
Y plonge son amphore, et remonte la sente
Dont le sol caillouteux rend ses pas hésitants.

Les lauriers et les lis, épars sur la colline,
Semblent, quand devant Elle un souffle les incline,
Saluer de leurs fleurs sa candide beauté.

Et, tout en gravissant la route coutumière,
Pendant qu'aux alentours tombe l'obscurité,
Son corps immaculé se nimbe de lumière.

Je vous salue, Marie...

— « Je vous salue, Marie... » Une douce clarté
Emplit soudain la chambre où la Vierge en prière
Répète chaque soir l'oraison journalière
A l'heure où le silence emplit l'immensité.

Un ange, tout près d'Elle, avec l'humilité
D'un sujet ébloui par une reine altière,
Murmure, agenouillé sur les dalles de pierre :
— « Je vous salue, Marie, en votre pureté !

« Vous êtes ici-bas, pleine de grâce, ô Femme !
« Le Seigneur est en vous, Il a béni votre âme
« Et ses célestes dons, vous les avez reçus.

« Afin que sa doctrine, un jour, soit révélée,
« Entre vos chastes flancs de Mère immaculée,
« Vous concevrez un fils qu'on nommera Jésus. »

Bethléem

Bethléem ! — Nom béni de l'antique cité,
Où devait naître un Juste, envoyé sur la terre
Pour donner à chacun l'enseignement austère
Du mutuel bonheur dans la fraternité.

Tout s'écroule ici-bas sous l'effort répété
Des siècles destructeurs : l'amour passe ou s'altère,
Les corps vont au linceul, les âmes au mystère,
La science est néant, la gloire vanité.

Pourtant deux simples mots d'une langue inconnue
Il y a deux mille ans, résonnent dans la nue,
Et semblent défier les âges à venir :

Bethléem et Jésus !... L'Enfant et la Patrie,
L'étable et le berceau restés pour soutenir
L'infortuné qui pleure et le croyant qui prie.

L'Etable

A travers Bethléem, Joseph près de Marie,
Que fatigue le poids de sa maternité,
Chemine tristement par l'antique cité
Où ne s'ouvre pour eux aucune hôtellerie.

Dans la brume d'hiver, ils vont, l'âme meurtrie,
Courbés et grelottants sous l'âpre humidité,
Puis arrivent enfin, fiévreux d'anxiété,
Près d'un réduit obscur : étable ou bergerie.

Ils entrent. Les bestiaux au seul bruit de leurs pas
Se retournent vers eux, qu'ils ne connaissent pas,
Et cessent de tirer la paille de leur crèche...

Ils regardent, surpris, la Vierge au manteau bleu
S'asseoir en soupirant sur la litière fraîche
Où, dans la pauvreté, va s'incarner un Dieu.

Les Bergers

Les bergers accourus entrent timidement,
Avec l'humilité des simples de la terre
Qui ne comprennent pas la grandeur du mystère,
Dans l'étable où Jésus sommeille doucement.

Ils posent sur le sol des épis de froment,
Du lait de leurs brebis dans un pauvre cratère,
Puis, troublés et craintifs, baissant leur front austère,
S'agenouillent sans bruit et prient naïvement.

Ils disent au Seigneur, qu'ils rêvent secourable,
Combien leur existence est parfois misérable,
Mais aucun, jusqu'à Lui, n'ose lever les yeux.

Comme ils allaient partir, devinant leur présence,
Pour les réconforter d'un souffle d'espérance,
Jésus, qui s'éveilla, tendit les mains vers eux.

L'Etoile

L'ombre, ce matin-là, semblait s'être attardée,
Quand trois Mages surpris, interrogeant la nue,
Aperçurent soudain une étoile inconnue
Dont l'éclat remplissait le ciel de la Chaldée.

Ils pensèrent alors en leur âme obsédée
Par la prédiction qu'ils avaient retenue,
Que cet astre annonçait sans doute la venue
Du Messie, autrefois promis à la Judée.

Le jour reprit enfin sa marche coutumière,
Mais le rayonnement de l'étrange lumière
Que seuls ils avaient vue, inondait leurs prunelles.

Puis chacun entendit du profond de son être :
— « Je m'allume, au milieu des lueurs éternelles,
Afin de vous guider vers Dieu qui vient de naître. »

Le voyage

Par l'étoile conduits, sur les sables déserts
Dont les fauves remous battent les hypogées,
Leurs caravanes vont, de richesses chargées,
Les offrir en présent au Roi de l'Univers.

Un piétinement sourd les accompagne vers
La chaîne du Liban aux cimes ravagées,
Qui, les jours d'ouragan, paraissent érigées
Pour servir de refuge aux faucons dans les airs.

Les rouges profondeurs flambent de canicule,
L'embrasement sévit, le mirage recule,
Et tout le feu du ciel ronge le sol qui dort.

Puis la nuit s'accumule et couvre, maternelle,
Sous l'enroulement bleu d'un voile brodé d'or,
La dune sans contours qui va se fondre en elle.

Les Rois Mages

Prosternés devant l'humble crèche tous les trois,
Pendant qu'une lueur céleste les éclaire,
Ils adorent tout bas le Maître de la terre,
Et mettent à ses pieds leurs couronnes de rois.

Ils offrent leur grandeur, leur puissance, leurs droits
A l'Enfant qui sourit dans les bras de sa Mère,
Et ne voudra plus tard, pour gloire qu'un calvaire,
Pour sceptre qu'un roseau, pour trône qu'une croix.

Ils apportent encor des tapis de Palmyre,
L'encens qu'on fait brûler sur les autels, la myrrhe
Qu'on réserve au Sauveur des hommes qui naîtront,

Des gemmes et de l'or où chante la lumière
A Celui qui n'aura, dans la nature entière,
Même pas une pierre où reposer son front.

Vers l'exil

Au milieu du désert où nul ne s'aventure,
Ebloui par l'éclat des sables rutilants,
Joseph, le front penché, de ses pas chancelants,
A travers l'infini guide une humble monture.

L'âne de Bethléem, pendant que la nature
Somnole en la torpeur des espaces brûlants,
Porte la Vierge assise et, dans ses langes blancs,
Le doux Enfant Jésus prédit par l'Ecriture.

Les deux époux, perdus en cette immensité,
Contemplent tour à tour Celui dont la bonté
Deviendra le soutien de l'humaine détresse.

Et pendant qu'ils s'en vont, accablés de sommeil,
Le morne Sinaï qui, tout là-bas, se dresse,
A l'air de supporter le disque du soleil.

Jésus chez les Docteurs

L'austère Jonathas, le sage Schammaï,
L'inexorable Hillel à la noble stature,
Et de nombreux docteurs, commentent l'Ecriture
Devant le Grand Conseil par leur verbe ébloui.

Chacun d'eux, vénéré de même qu'obéi,
S'efforce à préciser l'existence future
Que Jéhovah réserve à toute créature,
Et proclame la Loi transcrite au Sinaï.

Mais un enfant se lève au milieu de la foule,
Un grave enseignement de ses lèvres découle,
Avec des mots profonds d'amour et de bonté,

Pendant que les vieillards, en leur science fragile,
L'écoutent sans comprendre et sans voir la clarté
Que met en ses regards des lueurs d'Evangile.

Jésus

Pour contempler l'azur, Jésus s'est arrêté.
Il a levé vers lui ses limpides prunelles,
Et tout le firmament qui resplendit en elles
Y reflète sa gloire et son immensité.

Puis il a joint les mains. Sa mystique beauté,
Vierge dans sa candeur de nos tares charnelles,
A l'ineffable attrait des choses éternelles,
Et le rayonnement de la divinité.

Il prie... Aux alentours rien ne bouge en l'espace.
La terre se recueille, et la brise qui passe
Caresse en la frôlant sa chevelure d'or.

Et son front de penseur que l'extase illumine,
Apparaît, au milieu d'une lueur divine,
Plus calme que celui d'un enfant qui s'endort.

Il admire les lis...

Il admire les lis, vêtus plus richement
Que le roi Salomon dans sa magnificence,
Suit d'un regard naïf les fruits en leur croissance,
Et les femmes en train de moudre le froment.

Il s'arrête pour voir les barques, lentement,
S'éloigner sur le lac dès que le jour commence,
Pendant que les pêcheurs font glisser en silence
Leurs filets dans une eau couleur de firmament.

Il écoute la source où l'eau vive murmure,
Contemple les glaneurs, parmi la moisson mûre,
Des épis méprisés faire des gerbes d'or,

Comme il fera plus tard, des pauvres qu'on dédaigne,
Parce qu'étant chétifs, ils sont humbles encor,
Le faisceau glorieux des Elus de son règne.

Quarante jours...

Quarante jours, quarante nuits, sans nourriture,
Seul dans la brume, et dans l'aurore, et dans le vent,
Sous le soleil qui meurt, sous le soleil levant,
En extase devant l'Esprit de l'Ecriture !

Robe blanche, front nu, mains jointes, créature
Increéée, et conçue au nom du Dieu vivant ;
Plus haut que les déserts où le sable est mouvant,
Plus haut que les humains figés dans l'imposture.

Dominant tous les bruits du monde : hoquets de mort,
Clameurs d'effroi, serments d'orgueil, pleurs de remords,
Souffrances qu'on étouffe et menaces qu'on crie ;

Au sommet du Thabor où sa foi l'a porté,
Dans le candide amour de son cœur, Jésus prie :
Sentinelle debout devant l'immensité.

Quand le Maître..

Quand le Maître le veut, malgré leur violence,
Les flots et l'ouragan s'apaisent à sa voix.
Au muet il dit :—«Parle !...»A l'aveugle il dit :—«Vois !...»
Et touchant les lépreux, chasse leur pestilence.

Les sourds ne portent plus leur fardeau de silence,
Et l'homme à la main sèche allonge enfin les doigts.
La fille de Jaïre, aux membres déjà froids,
A son premier appel, de sa couche s'élance.

Une veuve sanglote et suit sur le chemin
Le cercueil de son fils. Jésus lève la main,
Le suaire s'entr'ouvre et le défunt s'éveille.

Puis, lorsque vers le soir s'estompent les contours,
Sur cette humanité qui rêve, Jésus veille
Pour conjurer le mal qui la guette toujours.

Il disait...

Il disait : — « Bienheureux les simples dont la vie
Humble comme un agneau privé de sa toison,
Des bornes de leur champ au seuil de leur maison,
Dans la simplicité s'écoule sans envie.

La paix soit avec eux s'ils vont, l'âme ravie,
Pacifiques de cœur et sages de raison,
Au murmure pieux d'une brève oraison,
Vers le but où, là-haut, mon Père les convie.

Le riche fastueux succombe en moins de temps
Qu'il n'en faut pour goûter la douceur du printemps
Ou suivre du regard un vol de coccinelle.

Mais le pauvre en esprit, quand s'éteignent ses yeux,
Entre resplendissant de lumière éternelle
Dans la félicité du royaume des cieux.

Bienheureux ceux dont l'âme...

— « Bienheureux ceux dont l'âme est faite de bonté,
Qui, ne rejetant pas le roseau sur la terre,
Savent, devant l'aigreur du superbe se taire,
Au lieu de se livrer à la même âpreté.

Doux comme un raisin mûr au terme de l'été,
Répondant à l'affront par l'oubli volontaire,
Ils passent en jetant la graine salutaire,
Pour que germent un jour des moissons d'équité.

Qu'importe si, parfois, leur vaillance chancelle
Parmi les tourbillons de haine universelle
Où le Juste surpris se courbe en gémissant.

Ainsi que l'olivier résiste à la tourmente,
L'amour dans la douleur s'affirme tout-puissant,
Et la voix qui pardonne est toujours triomphante.

Bienheureux, ici-bas...

— « Bienheureux, ici-bas, ceux qui pleurent d'amour
Sur leurs frères en Dieu que le malheur oppresse,
Ou sur les êtres chers ravis à leur tendresse,
Quand l'implacable mort les leur prend sans retour.

Ainsi que l'eau du ciel féconde le labour,
Les larmes, en tombant sur l'humaine détresse,
Calment l'infortuné dont le front se redresse
Comme la fleur des champs après l'ardeur du jour.

Mais bienheureux surtout le pécheur ou l'impie,
Qui, torturé d'effroi par ses fautes, expie
En des remords sans fin la chute d'un moment.

Tous seront consolés à leur heure dernière,
Après avoir appris qu'en ce monde où tout ment,
La douleur seule est grande et le reste est poussière.

Bienheureux ceux qui ont faim..

— « Bienheureux ceux qui ont faim et soif de justice,
Et qui cherchent le droit parmi l'iniquité,
Comme le moissonneur, sous les feux de l'été,
Dans la plaine sans fin guette l'ombre propice.

Je ferai, sous leurs pas, qu'une eau claire jaillisse,
Et je les nourrirai du pain de vérité,
Pour que, rassasiés durant l'éternité,
La sainte volonté du Très-Haut s'accomplisse.

J'aurai pour leurs douleurs le baume essentiel ;
Et, comme au jour levant tous les oiseaux du ciel
Chantent dans les jasmins ou dans les térébinthes,

Les hommes, transportés d'allégresse à leur tour,
Afin qu'à tout jamais les haines soient éteintes,
Etabliront les lois de l'immuable amour. »

Malheur à vous...

— « Malheur à vous qui nettoyez le bord du plat
Tandis que votre cœur est rempli d'immondice !...
C'est votre âme qu'il faut purifier du vice,
Et vous obéirez au Seigneur en cela.

« Scribes ! Pharisiens ! Point n'est d'apostolat
Quand les égarements font mentir la Justice !
Pour goûter un bonheur qui jamais ne finisse,
C'est peu de se laver les mains avec éclat.

« L'Eternel qui dicta toutes les lois divines,
Vous enverra bientôt, juges de vos doctrines,
Des sages, des martyrs que vous crucifierez,

« Pour que le sang versé dans leur douleur féconde,
Retombe sur vos fils et sur vous, qui verrez
Le signe du Pardon se lever sur le monde. »

Ne méprisez jamais...

— « Ne méprisez jamais le modeste héritage
Qu'après de longs efforts vos pères ont laissé,
Conservez la chaumière où vous fûtes bercé,
Et la vigne ou le champ qui vous vint en partage.

Contentez-vous, comme eux, de fruits et de laitage,
Puis, suivant le chemin que leurs pas ont tracé,
Gardez-vous d'obéir à l'orgueil insensé
De ceux-là qui, toujours, désirent davantage.

N'amassez pas en vain d'inutiles trésors.
Inquiets pour votre âme et non pour votre corps,
Demandez au Seigneur l'espoir en sa justice.

Et quand vous goûterez enfin la paix du cœur,
Laissez au lendemain le soin qu'il s'accomplisse :
A chacun de vos jours suffira son labeur. »

Vous connaîtrez le vrai...

« Vous connaîtrez le vrai d'avec le faux docteur
Par ses fruits. Gardez-vous des hommes d'imposture
Qui viennent, doucereux, au nom de l'Ecriture,
Jeter le trouble et le mensonge en votre cœur.

« Ne croyez pas que ceux qui crient: — Seigneur! Seigneur!...
Entreront pour cela dans la gloire future ;
Toutes les oraisons que l'acte dénature
Sont autant de défis portés au Créateur.

« Quiconque entend ma voix et l'observe est un sage
Qui bâtit sa maison sur le roc, où l'orage,
La bourrasque et les flots ne sauraient l'ébranler.

« Mais quiconque l'entend et l'oublie, incapable
De prévoir que demain les vents pourront souffler,
Ressemble à l'insensé qui bâtit sur le sable. »

Ne juge pas...

« Ne juge pas autrui pour n'être pas jugé ;
Toute sentence humaine est souvent arbitraire,
Si tu dois condamner, sois clément au contraire :
Le glaive frappe aussi celui qui l'a forgé.

« Tel qui, présomptueux, peut se croire obligé,
Pour un fétu dans l'œil, de critiquer son frère,
Ne s'aperçoit jamais, tant il est téméraire,
Qu'à la poutre du sien il n'avait pas songé.

« Réjouis-toi toujours de rendre avec usure,
En échange du mal, des bienfaits sans mesure
A celui que parfois tu croises en chemin.

« Même s'il est injuste et s'il est cruel même,
Qu'importe, toi sois bon, et lui tendant la main,
Fais ce que tu voudrais qu'il te fît à toi-même. »

Si, portant ton offrande...

« Si, portant ton offrande à Dieu, tu te souviens
Que ton frère a quelque chose contre toi, laisse
L'offrande sur l'autel, et d'un pas qui se presse,
Pour chasser sa rancune, auprès de lui, reviens.

« Puis rends grâce au Seigneur, maître de tous les biens,
D'avoir vaincu, par Lui, ton humaine faiblesse,
Et de t'avoir donné, pour suprême richesse,
L'indulgence et l'amour, tes uniques soutiens.

« Car c'est en oubliant l'âpreté de l'offense
Que l'homme doit trouver à son tour la clémence,
Quand à la même erreur il s'est abandonné.

« Et c'est alors qu'il peut, tourné vers la lumière,
Ajouter chaque jour à son humble prière :
— Pardonnez-moi, Seigneur, comme j'ai pardonné ! »

Ne multipliez pas...

« Ne multipliez pas les mots à l'infini
Comme les ignorants, pour adorer mon Père,
Mais faites avec moi cette simple prière,
Disait souvent Jésus au peuple réuni :

— « Notre Père des cieux, votre nom soit béni !
Que votre volonté s'accomplisse sur terre
Ainsi qu'au ciel. Que votre règne tutélaire
Arrive désormais. Donnez-nous aujourd'hui

« Le pain quotidien. Pardonnez nos offenses
Comme nous pardonnons en toutes circonstances
Les offenses d'autrui. Gardez-nous du péril

« De la tentation qui nous guette à toute heure,
Et pour que le remords jamais ne nous effleure,
Délivrez-nous encor du mal. Ainsi soit-il !... »

La Repentie

Humble comme une fleur aux marges des chemins,
Après avoir été plus fière qu'une reine,
Pieds nus dans la poussière où sa tunique traîne,
Sans gemmes pour son cou, sans bagues pour ses mains ;

Dédaignant la splendeur et l'amour des Romains,
Marie de Magdala, qui s'expose à leur haine,
A quitté pour toujours, repentante et sereine,
Sa demeure de marbre enclose de jasmins.

Le front illuminé d'espérance infinie,
Quand l'ombre violette entoure Béthanie
Où sous des lambris d'or rayonnait sa beauté,

Vers le Nazaréen qu'elle a voulu connaître,
La pécheresse va, dans l'émoi de son être,
Riche de ses remords et de sa pauvreté.

Au seuil du souterrain...

Au seuil du souterrain, Jésus s'est arrêté.
Il pleure en évoquant les misères sans nombre,
La détresse et l'effroi de tous les jours, où sombre,
Dans le naufrage du trépas, l'humanité.

— « Père ! Je vous bénis de m'avoir écouté
Pour ce peuple incrédule... » Et, par l'escalier sombre,
Avec Marthe et Marie, Il s'avance dans l'ombre,
Où son vêtement blanc se détache en clarté.

Presque sans les frôler du bout de ses sandales,
Il descend lentement les marches inégales
Dans le silence lourd qui pèse sur les morts.

Et devant le tombeau dont on glisse la pierre,
Avec la majesté du geste qui libère,
De sa voix grave il dit : — « Lazare, viens dehors !... »

Lazare, viens dehors !

— « Lazare, viens dehors !... » Le souffle du mystère
Fit soudain chanceler de terreur et d'espoir
Tous ceux qui, frémissants, croyaient apercevoir
Dans la nuit sépulcrale une ombre imaginaire.

Un silence plus lourd que la paix mortuaire
Accablait ces vivants sous le calme du soir...
Puis un grand cri monta vers le firmament noir
Quand Lazare parut, tout blanc dans son suaire.

Muet comme un fantôme il s'avança vers eux
Qui, tombés à genoux, n'osaient lever les yeux,
Courbés sous son regard comme sous la tempête.

Mais quand, devant le Maître il se fut arrêté,
La foule contempla l'austère tête-à-tête
Du divin thaumaturge et du ressuscité.

Lazare, qu'as-tu vu...

— « Lazare, qu'as-tu vu dans l'ombre d'où tu sors ?...
Pendant ces quatre nuits, en face du mystère,
As-tu pu déchiffrer l'énigme de la terre,
Et l'effrayant secret que connaissent les morts ?

As-tu vu des pécheurs accablés de remords ?
Est-il vrai que la soif du pardon les altère ?
Et doit-on redouter l'heure qui nous libère
Des entraves de l'âme et des chaînes du corps ?

Les rêves d'ici-bas sont-ils vraiment un leurre ?
Vaut-il mieux que l'on vive, ou vaut-il mieux qu'on meure ?
Serais-tu consterné par un nouveau trépas ?... »

Les yeux illuminés d'un feu qui les égare,
Ses lèvres, pour parler s'entr'ouvrent, mais Lazare
Impassible et lointain, passe et ne répond pas...

Le Temple

Quand le soleil mourant achève son parcours,
Le temple d'Israël, énorme et solitaire,
Allonge à l'Orient son ombre sur la terre
En l'ultime lueur de la chute du jour.

Puis l'ensemble sacré des parvis et des tours,
A l'heure violette où tout bruit va se taire,
Se couvre lentement d'un voile de mystère,
Et s'efface en la nuit qui tombe aux alentours.

Entre les fûts de marbre aux bases colossales
Le silence envahit les innombrables salles
Qui sommeillent au fond d'immenses corridors.

Seul le feu rituel, sous la brise, promène
Ses rougeâtres reflets sur les murs plaqués d'ors,
Et brille en tremblotant comme une étoile humaine.

Pâques juives

Dès que s'ouvre le Temple en son immensité,
Deux cent mille hommes vont, de terrasse en terrasse,
Dans leur obéissance au culte de leur race,
Offrir le sacrifice à la divinité.

Les feux d'ambre et d'encens projettent leur clarté
Sur l'ensemble des tours que le regard embrasse ;
Leurs ardentes lueurs se mêlent en l'espace
Aux immondes relents du sol ensanglanté.

Les prêtres d'Israël, en une sainte orgie,
Frappent, le glaive en main et la robe rougie,
Les agneaux pantelants à l'heure du trépas.

Et le peuple fiévreux, qui piétine les dalles,
Vers l'autel empourpré précipite ses pas
Dans les caillots vermeils où glissent les sandales.

La Cène

Vers l'approche du soir, Jésus a rassemblé
Ses disciples autour de la table pascale,
Où se trouve, selon la coutume ancestrale,
Le rituel agneau dans le Temple immolé.

En son amour sans fin, quand le Maître a parlé,
L'ineffable douceur de son âme s'exhale...
De modestes flambeaux illuminent la salle,
Dont l'austère silence est à peine troublé.

Un peu de pain, un peu de vin, quelques sentences
Pour guider à jamais toutes les existences
De l'ombre d'ici-bas jusqu'aux splendeurs du ciel...

Puis la Cène s'achève avec le sacrifice
D'un Dieu qui va mourir afin que s'accomplisse
L'auguste volonté de son Père éternel.

Pierre, Jacques et Jean...

Pierre, Jacques et Jean traversent le Cédron
A l'heure fugitive où le jour se retire,
Et suivent le Sauveur qui médite et soupire
Sous la brume du soir enveloppant son front.

Des cimes du Moab aux pentes de l'Hébron
La nuit qui s'amoncelle élargit son empire,
Et le Maître pressent qu'au seuil de son martyre,
Pierre, Jacques et Jean tantôt s'endormiront.

Devant la vision des affres du Calvaire
Qu'il accepte, soumis à l'ordre de son Père,
Toute sa chair frémit d'un indicible émoi.

Car Dieu s'efface, et c'est l'homme seul qui subsiste,
Et qui murmure en sa douleur : — « Mon âme est triste
Jusqu'à la mort... Veillez et priez avec moi ! »

Puis Il s'éloigne...

Puis Il s'éloigne à la longueur d'un jet de pierre,
Il s'éloigne et s'enfonce en toute liberté
Dans l'océan d'angoisse et de larmes, porté
Par le divin secours de l'humaine prière.

Alors le doux Jésus, qui passa sur la terre
En calmant les douleurs par des mots de bonté,
Tremblant, anéanti, seul dans l'obscurité,
S'effondre sur le sol en s'écriant : — « Mon Père !... »

Les bras tendus et se traînant à deux genoux :
— « Mon Père !... S'il se peut, ô Vous qui pouvez tout,
Que s'éloigne de moi ce calice de haine !... »

Sous la sueur de sang dont son corps est baigné,
Il grelotte, gémit, attend... puis, résigné :
— « Que votre volonté se fasse, et non la mienne ! »

Il quitte le jardin de l'Agonie...

Il quitte le jardin de l'Agonie à l'heure
Où la lune, qui monte à travers le ciel froid,
Etend son blanc linceul dans la nuit qui décroît,
Pendant qu'au pied des monts le vent qui passe, pleure.

Nulle crainte, à présent qu'Il s'offre, ne l'effleure :
Plus fort que sa détresse il a vaincu l'effroi ;
Et soumis à son Père, Il consent à la croix,
Puisque, dans sa volonté sainte, Il veut qu'Il meure.

Calme, Il va vers le traître, et la sérénité
Du sacrifice humain, librement accepté,
Illumine son front de gloire surhumaine.

Torches qui brûlent ; rumeurs qui grondent ; soldats,
Prêtres et foule qui menacent, fous de haine...
Jésus va recevoir le baiser de Judas.

Maître, je vous salue !...

— « Maître, je vous salue !... » Et le traître s'avance.
Il s'incline devant le Juste qui, tout bas,
Implore la pitié pour tous les renégats,
Dans la candeur de son insondable clémence.

Il devine, à travers les siècles, la démence
Des fourbes qui vendront leurs frères ici-bas,
Et qui, pour un peu d'or, semblables à Judas,
Ne craindront pas de crucifier l'innocence.

Sur les lèvres de bien des hommes qui naîtront,
Il sait que des baisers sans nombre s'offriront
Pour attester l'amour en cachant la menace.

Et c'est pour racheter, dans la suite des jours,
Les reniements de ceux qui mentiront toujours,
Qu'Il pardonne à Judas, lorsque Judas l'embrasse.

Pendant que le Conseil...

Pendant que le Conseil des prêtres délibère
Chez Anne, devant qui le Juste fut conduit,
Serviteurs et soldats, sous la lune qui luit,
Discutent dans la cour, près du feu qui l'éclaire.

Pierre, assis à l'écart, écoute solitaire.
Une femme s'approche, et dominant le bruit :
— « N'étais-tu pas avec l'imposteur, cette nuit ?... »
— « Non ! Je ne connais pas cet homme ! » affirma Pierre.

Un coq chanta. L'apôtre voulut fuir. Soudain :
— « Nous te savons l'ami de ce Galiléen !... »
Lui crièrent-ils tous... Il renia son Maître.

— « Tu mens !... On reconnaît ton pays à ta voix !... »
Il renia son Dieu, tremblant de tout son être...
Alors le coq chanta pour la deuxième fois.

Jésus regarda Pierre...

Jésus regarda Pierre... Or l'apôtre comprit
Le reproche muet qui tombait sur son âme,
Et devant la douceur plaintive de ce blâme,
Il pleura de regret, de honte et de mépris.

Pleure ta trahison ! Pleure sur les débris
D'un amour renié par crainte d'une femme,
Toi qui le proclamais ardent comme une flamme,
Quand le Maître, au Cénacle, en jugeait seul le prix !

Pour ton œuvre à venir, il faut que tu connaisses,
Afin d'être indulgent aux humaines faiblesses,
Combien l'esprit est prompt et faillible la chair.

L'homme est un insensé qui brise ou qui blasphème,
Lâche ou présomptueux, ce qu'il a de plus cher...
Il faut aimer jusqu'à la mort, lorsque l'on aime.

Le prix du sang

Un homme étrange avait gravi le Moriah :
Echevelé, les yeux hagards, plus de sandales
Aux pieds, la robe ouverte, il errait sur les dalles,
Dans la cour d'Israël, où jadis il pria.

Soudain, avec des mots heurtés, il s'écria
Devant les prêtres, sous les voûtes synodales :
« —Traître! Menteur et renégat!... Tous les scandales!
« Salut, Maître... Un baiser... Maudit et paria!

« J'ai vendu l'Innocent... J'ai livré la Victime... »
Son regard se faisait plus farouche : « — Mon crime
Est éternel... Je suis damné! » Puis se dressant,

Il lança vers l'autel embrasé de lumières,
Dans un grand geste de dégoût, le prix du sang,
Et les trente deniers gémirent sur les pierres.

Entre les bâtiments...

Entre les bâtiments proches du Gabbatha,
Avec des cris de mort et des hoquets d'ivresse,
Pour réclamer le Juste et narguer sa détresse,
Se rassemblent les Juifs que Caïphe ameuta.

Depuis qu'au point du jour cette foule monta
Vers le parvis du Temple, elle attend qu'Il paraisse,
Et parmi ses clameurs de haine ou d'allégresse,
En gronde une autre, sans répit : — « Le Golgotha !... »

Petit, les cheveux courts à la mode romaine,
Pontius-Pilatus ordonne qu'on amène
L'homme qu'il considère encor comme innocent.

Et Jésus vient, sous la menace universelle,
Laissant à chaque pas, de son corps qui ruisselle,
Sur le pavé de marbre une trace de sang.

L'humanité suivra...

L'humanité suivra ces divines empreintes
Que n'effacera pas le cortège des jours ;
Devant l'effondrement des temples et des tours,
Dans le tragique effroi des doutes et des craintes,

Sous le poing des Césars et le fouet des contraintes,
Au milieu des clameurs plus dolentes toujours,
Parmi tous les gibets dressés aux alentours,
Après les faux serments et les louches étreintes,

Qu'ils soient vêtus de bure ou du manteau royal,
Les hommes que leur foi cambre vers l'Idéal,
Fatigués de la nuit des terrestres naufrages,

Marcheront sur la trace où, la chair en lambeaux,
Le Maître s'avança le front chargé d'outrages,
Pour qu'une aube d'espoir éclaire leurs tombeaux.

Chemin de Croix

Jésus sort du prétoire où la foule hurlante,
Dans sa haine rugit : — « *Tolle, crucifige !...* »
Et va, sous les crachats dont il est outragé,
Le torse ruisselant d'une sueur sanglante.

Blême, les yeux éteints, la démarche tremblante,
Ecrasé par la croix dont les Juifs l'ont chargé,
Mis au rang des voleurs, avili, fustigé,
Il souffre mille morts en sa chair pantelante.

Les vêtements souillés et les cheveux épars,
Entouré de bourreaux venus de toutes parts
L'accabler sans merci de blasphèmes infâmes,

Il reçoit en chemin le déchirant adieu
Que sa Mère éplorée, entre les saintes Femmes,
Adresse à son Enfant, et la Vierge à son Dieu.

Mater Dolorosa

Indiciblement lasse à force de souffrir,
Mais vaillante, malgré son angoisse infinie,
La Vierge suit Jésus qu'on frappe et qu'on renie,
Sans que nul, ici-bas, ose le secourir.

Oh ! que la route est longue encore à parcourir
Sous l'odieux fardeau, si lourd d'ignominie,
Avant que, délivré de sa lente agonie,
Il en arrive au terme, et puisse enfin mourir !

Réprimant ses sanglots, les paupières meurtries,
Fantôme haletant parmi les railleries,
Pieds nus, cheveux défaits, les yeux vides de pleurs,

Pendant que s'étourdit la populace immonde,
A côté de son Fils, la Mère des Douleurs
Gravit le Golgotha pour le salut du monde.

Crucifiement

Suivi d'un peuple vil qui l'entoure et le presse,
Le Christ arrive enfin sur le rocher maudit,
Et sa chair, défaillante un instant, se raidit
Pour supporter encor son immense détresse.

Les bourreaux, aveuglés par la haine et l'ivresse,
L'étendent sur la croix, et la foule applaudit
Quand le marteau de fer que l'un d'entre eux brandit,
Tombe sur le Martyr, et de nouveau se dresse.

Son sang jaillit partout ; ses os craquent ; ses flancs
Halettent, contractés ; ses membres ruisselants
Se tordent... un grand cri déchire sa poitrine.

Les yeux clos, Il pardonne aux Juifs comme aux Romains,
Puis, d'une voix puissante, affirmant sa doctrine :
— « Mon Père, je remets mon âme entre vos mains ! »

Palestine d'aujourd'hui

Tibériade

Les villes d'autrefois sont mortes pour toujours.
Seule, Tibériade, au bord de l'eau, pensive,
Reste debout et rêve, en voyant sur la rive
Se refléter en noir l'image de ses tours.

Quelque frêle palmier médite aux alentours ;
Des lointains violets aucun souffle n'arrive,
Et la ligne des monts s'estompe, fugitive,
Dans le brouillard laiteux qui frange leurs contours.

Ici, pas un pêcheur, et là-bas, pas un pâtre...
Rien que des roseaux gris bordant la mer bleuâtre
Qui s'illumine encore à la pourpre du soir.

La cime de l'Hermon, sous la neige, contemple
Cet endroit où Jésus aimait venir s'asseoir,
Et priait Dieu le Père ainsi que dans un temple.

Femmes de Judée

La Palestine en fleurs est un vaste encensoir :
Les aromes errants, dont la campagne est pleine,
Exhalent jusqu'au ciel leur enivrante haleine,
Tel un chant d'orgue monte aux pierres du voussoir.

Au milieu des rumeurs qui précèdent le soir,
Parmi la pourpre et l'or épandus sur la plaine,
Les femmes de Judée, en leur robe de laine,
Rapportent l'eau du puits ou l'huile du pressoir.

Comme au temps où Jésus prêchait son Evangile,
Un de leurs bras levé soutient l'urne d'argile
Sur leur front de madone aux grands yeux de velours.

Et pendant qu'elles vont, pensives, on devine,
Voilé par leur tunique aux plis nobles et lourds,
Le galbe harmonieux d'une amphore divine.

La Mer de Galilée

Entre l'ourlet des monts, la mer de Galilée,
Comme une courtisane au milieu d'un lit d'or,
Nonchalante, frémit sous l'éternel décor,
De l'aube lumineuse à la nuit étoilée.

Une odeur de lavande, à la brise mêlée,
Parmi les tamarins circule, et flotte encor
Sur la nappe d'azur où, dans un même essor,
Tous les oiseaux pêcheurs vont prendre leur volée.

L'air est plus transparent qu'une urne de cristal.
De subites lueurs, aux reflets de métal,
Illuminent les eaux qui miroitent sans trêve.

Et le lac, solitaire après avoir porté
Le blond Nazaréen sur ses flots et sa grève,
L'évoque dans sa gloire et son humilité.

Nocturne palestinien

Les monts de Galaad, bleuis par la distance,
Se profilent, confus, à la chute du jour ;
Et le Thabor brumeux s'enténèbre à son tour,
Pour disparaître enfin sous la nuit qui s'avance.

Un paisible angélus tinte dans le silence,
Sa prière s'envole aux cimes d'alentour...
Nazareth se recueille en chrétienne, toujours,
Pendant que la clameur des chiens errants commence.

La lune d'Orient, pâle en un ciel profond,
Argente les blés roux des plaines d'Esdrelon
Et les orges courbés au souffle de la brise.

La campagne déserte et les épis tremblants
Ne font plus au lointain qu'une ligne indécise,
Et sur les cyprès noirs passent des reflets blancs.

Gethsémani

Une blonde lueur éclaire l'infini :
L'aurore d'Orient, virginale et nacrée,
Aux premiers feux du jour que sa lumière crée.
Couronne de rayons l'âpre Gethsémani.

Le souvenir d'un Juste est pour toujours uni
A cet endroit funèbre où, l'âme déchirée,
Il passa dans l'effroi son ultime soirée
Avant le douloureux « *lamma Sabacthani* ».

Huit oliviers tordus par des souffles sans nombre,
Sur les fleurs de l'enclos laissent flotter une ombre
Où tremblent en points d'or des gouttes de soleil.

Face au jardin désert, Jérusalem se dresse,
Et la sérénité du firmament vermeil
Les réunit tous deux sous la même caresse.

Devant le mur des pleurs

A la base du mur trente fois séculaire,
D'où le Temple détruit se dressait vers les cieux,
Les fils de Josué, lents et silencieux,
Sont venus évoquer la céleste colère.

Tous vêtus de velours, heurtant du front la pierre,
Dandinants et courbés, la crainte au fond des yeux,
Ils exhalent, devant les blocs prodigieux,
Le long chevrotement d'une étrange prière :

— « A cause de nos rois chassés de toutes parts !
A cause des palais saccagés, des remparts
Détruits !... nous sanglotons vaincus et solitaires !... »

Et depuis si longtemps que les Juifs sont maudits,
Ils mêlent néanmoins à leurs plaintes austères
Un cri d'orgueil :—« Dieu des vengeances, resplendis !... »

La Mer Morte

Un soleil morne — un air brûlant — une eau qui dort.
Pas un écho — pas un frisson — pas un murmure :
Un linceul de silence étouffe la nature
Sur qui pèsent toujours l'anathème et la mort.

Une mer sans navire et des rives sans port,
C'est tout... L'espace est vide, et nul ne s'aventure
En ces lieux où ne vit aucune créature,
Sans qu'un frisson d'effroi ne l'étreigne d'abord.

Les sommets du Moab, environnés de brume,
Sombres, sous l'éternel suintement du bitume
Qui s'écoule en laissant des sillons irisés,

Et les monts de Juda, blafards au soir qui tombe,
Ont un air recueilli de gardes préposés,
Dans le calme des cieux, à veiller une tombe.

La vallée de Josaphat

Des remparts de Sion, la lugubre vallée
De l'éternel repos, terme de tout chagrin,
Semble, en sa profondeur, un couloir souterrain
Où pourrissent les os des Juifs de Galilée.

Point d'arbres ni de fleurs sur la terre brûlée...
Le gouffre où quelquefois s'attarde un pèlerin,
Attend que le fracas des trompettes d'airain
Réveille les défunts sous chaque mausolée.

Les sculpteurs occupés, dans le jour qui finit,
A graver de vains noms sur des blocs de granit,
Font, en ce lieu de pleurs, chanter l'âme des pierres.

Et l'on dirait la voix de ceux dont le trépas
A fermé pour toujours leurs tremblantes paupières,
Qui monte des tombeaux vers Dieu qui ne meurt pas.

Le saint Sépulcre

Des arceaux, des couloirs, des nefs de cathédrale,
Des temples souterrains où s'étouffe tout bruit,
Des voûtes, des trous d'ombre entourent le réduit
D'où s'élève du sol la roche sépulcrale.

La flamme des flambeaux se contourne en spirale
Au vent des souffles lourds qui roulent dans la nuit,
Et la foule, qu'un moine en cagoule conduit,
Chante, implore ou gémit d'une voix gutturale.

Les mendiants décharnés que heurtent les passants,
Grouillent sous des haillons et mêlent à l'encens
Leur fade et répugnante odeur de pourriture.

Et depuis deux mille ans la même humanité
Arrose de ses pleurs la sainte Sépulture
Où des hommes d'un jour frôlent l'éternité.

BAR-LE-DUC. — IMPR. BRODARD ET Cie

36, BOULEVARD DE LA BANQUE. — 8447,1,25.

BIBLIOTHEQUE NATIONALE DE FRANCE
3 7502 01405130 6

www.ingramcontent.com/pod-product-compliance
Ingram Content Group UK Ltd.
Pitfield, Milton Keynes, MK11 3LW, UK
UKHW020408180726
13839UKWH00003B/1273